■ 黃木擇 著

我們的姓氏叫社會

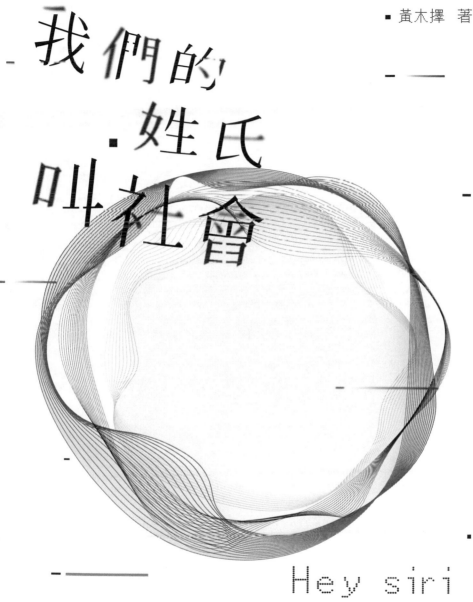

Hey siri

我們的姓氏叫社會

「我不太清楚

■　　你想表達什麼」

推薦序
請問大名
──遺失本名的知青

喜菡

　　初識木擇，總將它誤為「木鐸」。木鐸指「宣揚教化的人」。木擇本人沒有木鐸的蕭穆，只有溫潤的、木質的芬芳與舒快，然而年輕的軀殼裡確切的隱藏一份宣揚教化的使命。

　　當木擇有所「擇」的對人對事對環境關注，而漫漫而來的關注中，似有似無的湧出灰黑諷喻，諷喻背後卻又飽滿著屬於知青的無奈無力。

　　原來的城市青年，走向攤商、走向救火的消防員；面向綿長的歷史悲情、面向一陣陣民間疾苦。無論是疫情、媒體、原鄉皆是木擇落筆深情的載體，而「老」尤其是。「如深夜幾槍雷聲／

例行再將老者／護貝一回」（摘自〈舊往〉）幾個
字勾勒出不再惦記山的身形，在歷史暗暗抽著淡
煙的老者一生。

「敲敲家門／預先反覆背誦／童年的字彙／
字根生澀，尾音是浮萍／我陌生了河的名字／
我陌生了／港灣」（摘自〈同廂，你也是嗎〉）「同
廂」有共同回鄉的情怯，一層層傳遞的皆是北漂
青年胸膛迴轉的鏗鏘鄉愁。

木擇的詩寫生活寫生活背後躊躇的心情。除
了這些，懂得憐人惜情的木擇有著更寬更廣的視
角。是那位為「『你來自哪裡？』／一聲咳嗽點
燃中古世紀／火刑的祭儀」一步步靠近萬華的木
擇；而〈造神〉一詩寫網紅現象，如烈燄兇猛。

最喜愛的還是他懷中的那隻小獸「手臂的遊
樂園啊，收束成一粒／小小微嘟的呼吸」（摘自
〈小獸養育日記〉）那輕盈的充滿乳香的呼吸，是木
擇堅持想念，詩意汩汩的源頭。

無論木擇木鐸，當詩人遺失本名，詩就開展
了。他說：我們的姓氏叫社會。

目次

第二章　街道咆哮

第三章　現代仿聲

第四章　土地母音

第一章

遺失本名

你今天精神了嗎

你今天有精神了嗎？

效仿韻文

安份，遏止腳印闖入

有押韻的夢

你今天有精神了嗎？

清醒解謎馬路習題

顏色學習

正確地鑲入秩序

你今天有吃藥了嗎？

你今天有完成哭泣嗎？

你今天有想要傷害自己嗎？

沒有銳利主訴，偵探

只專注盤問桌面一株無辜

溫馴的多肉

詩偷偷棲息字典

一批沒精神的詩人們，躲避

眼光與貼紙

回頭舔拭自己的

夢

※致敬慈芳關懷中心、故宮攜手合辦之「＃有精
　神」展覽。

一則欠更新的舊聞

（怪手來了）

涙珠註記

重劃區藍圖上一顆

小釘子

。

左撇子

假裝靠右行駛

把心藏在左邊安全島

左撇子的青春便這樣

長大了

右側的世界太喧嘩

下班後

在左岸巷道

排泄虛偽的廢氣

某日，右撇子們吆喝著

批鬥櫃裡的左派

小孩子瞄見

一隻舊傷的貓

美好的日子

多麼美好的一天啊！

古調仿山羌

在叢林神話間跳躍

耆老合著音

水泥滲出小米味道

（我城的山刀相認於眼睛的海）

親愛的祖靈，開始

哭泣

※參與「美好的日子Fancalay a romia'd」森林音樂
　會有感。

叫賣的老人

今日黃昏沙啞

且多痰

老邁依在大地肩上

柏油嚥不下

這口夕陽

喉嚨慢慢龜裂

「三星蔥！三星蔥！」

整條街刷上

最落寞的臉色

人行道上的路燈

頭垂得更低了

鐵馬

兩個夕陽
研磨咿啞的黃昏
一根瘦脊椎
撐持蹣跚的船長

大片的年歲已
生鏽，但銀灰色的勳章
挺立在新生的草原

他吃力地掩蓋

膝蓋與關節的叫喊

硬是讓青春

再航行一段季節

舊往

世界沒有歌

青苔逃離石子

奔走的腳

不再惦記山的身形

時鐘拒絕奔跑

茶几闔上粉沙的眼

對巷仍是

歷史暗暗抽著淡煙

「讓我們再懷念他一次。」

默唸，如深夜幾槍雷聲

例行再將老者

護貝一回

小城心事

那日，咳嗽聲

砸破了櫥窗

肥碩的河流被消毒，監禁在

幾粒星子的井口

皮鞋牽拉良善

西裝驅趕正直

慌張的人們

鎖上心口

嘴唇的飛沫，迫降

有色的螢幕

眼光與文字謹慎

消毒

（恐懼和酒精的比例4：1）

忘記如何輸送青春

街道忙碌地拾起口罩，砌一座

城

同廂，你也是嗎

1.

思念時速是300公里
是「南港、烏日、太保」誦讀而下的咒語
是雨聲逐漸藏匿
是月亮隱晦滑行

撞上終點站「　　」。
情怯捽出
幾個乾熱的鄉音

2.

青春掀開腹腔
懷舊審閱臟器秩序：街角招牌、公園
巡邏的老太太

有些器官沉默代謝
如時間遷徙
回憶突變歷史斷片的
黑影

3.

敲敲家門

預先反覆背誦

童年的字彙

字根牛澀，尾音是浮萍

我陌生了河的名字

我陌生了

港灣

夜市

散亂人聲

流入長方花棚子裏

擁擠打包路燈，哼著繁榮

咒語回家

碗盤與碟子擊打

疲憊的曲風

老闆刷洗心事，用紅眼複習：

喧鬧，有多臃腫？

攤販與扛棒

連橫成失眠的船陣

漂流夢景，撞上

窘迫的天氣

甲板背對光鮮

深夜，老船長遺失吆喝聲

三十載的遷徙與星圖，鎖在

皺黃的肌膚裏

龍山寺旁邊小巷

人群自腳邊流逝

蹲踞岸上

你只期盼垂釣幾隻

不同情的眼光

你拿出一袋透明的家

丈量夜晚

與自由的距離

清晨

拾起橫倒的馬路

收起鍋牛的薄殼，叫賣

明日

A字梯撐起一片廣闊

純粹的

天

空

一場燃燒的往事：敬不存在的消防弟兄

火舌點燃傷口
焦黑的鋼筋伸出脊骨
插立紀念日喊
痛

逆向奔逃魚群
肩擔一座發炎的城
你往明亮炙熱的幽暗裏走去
地獄的腹腔
體內摸索濃煙與閃燃的語法
生命切換詞性
呼吸成一尾脆弱的
感嘆句

不知是天花板塌陷了尊嚴
還是肋骨燒紅了報紙標題
幾具年輕的意識
破碎在水泥荒野
禿鷹啄食故事的骨骸
淚、花圈、未婚妻
遺忘過後，留不下半點氧氣

冥紙模仿劇情皺摺

蜷曲舊日子抗議

廳堂，遺憾正仿生塑膠花

撰稿一段官方經文

花籃與麥克風

捻熟穿梭人工119種表情

半身照諷喻時光遲來

一場祭祀

如公關的行板：

肌肉、勳章、制服、陽光

鮮花、香火、毛巾、水果

（牙齒、皮膚、頭髮、大腿骨）

焚毀人偶，相片注定忘卻

吹入冬天的線香

終於熄

滅

節日

門外點燃期待，啾一下炸出五色火光，餘燼落入遠方的文明。銀紙皺褶，不甘寂寞地拼湊成一張空等的老者，在對巷挪移最後一角影子，任陽光消融他身軀的稜線。野狗吠叫，大榕樹碎成一地蒲公英。

廳內坐著神明與獸，隔著時間對視，深怕一不小心就把彼此遺忘；塵埃厚重地提醒，瓷碗才拾起了自己的姓名，叮咚一聲悶哼，家譜多了一痕傷口，夜晚寂靜舔拭著。

部首離散，屋簷傾倒，支撐不住一個家，幾個筆劃模仿筷子重組，團圓卻拼不出一句吉祥話。遠方，所有神祇與種子正瞪著同樣一叢煙火，膨脹、爆炸、消散，留下最終分散的光亮。

第二章
街道咆哮

拒馬

自由的天空腳下
冒發單色系的刺蝟

枯指嚴厲外張
斥責最不正確的臉孔

魚骨摺疊魚骨
內海游不出一字浪花

刺挑破膨大的巷道
流出一點羊水

口水與布條的子宮裡

小小的城

胎生

午後正義

窗外，世界正嚴肅的捉迷藏

偷挖鼻孔的

都必然被通緝

壁鬼謹慎檢查牆角

姿態不整的花

劃一的腳步進入咖啡店

沒有臉孔

只見勳章

精準測量泡沫與奶精的比例

高八度斥責誤差

餐車駛過下午

今日菜單依然：牛肉

與口水

廉價笑話集

「樹枝沒有梗，所以不好笑」

齒輪削光了靈魂

幽默斷掉手臂

厭世自己

「你在睡覺時，美國人正勤奮的上班」

紅眼用傷口堆砌

神話，鮮紅的樹根

萌發整個夜晚

「就當做功德。」
遠得要命的廟，吸飽了膏脂

吐了一口
痰

少狂三則

1.

狂風中，決定
放棄王冠
放棄所有視線與
碰觸

我囚禁自己
擁有了全世界

2.

決定叛逆自己
閃滅在驚慌的人行道

遠處是燈火伸手
我的芽苗
膨脹成繆思的巨人

3.

坦克們注視著

，○○○

時空中，我揣摩

沉睡的路障

棲息光陰與河流之中

港景

潮水的客棧

響起雷聲與風響

曚眼的魚群，浸泡洪流太久

兀自膨脹雨傘

拾起布條

阻攔膿血腐敗

骨骼被曲解

憤怒的鱗片推入搗臼

棍棒碾碎花朵

最後一瓣顏色

天光被吞噬

海面的肚皮穩定

（打著煙霧瀰漫、橡膠味的嗝）

夜晚，偷偷垂釣幾顆

盼望的眼睛

夜晚，悄悄燃燒幾朵

破裂的心

早安

早安

慎重又珍貴的咒語

天光敲敲

迷濛的窗子

吟誦

舊日泡水

膨脹了路人

往事嚥下煙霧

蒸散了臉

吐司凌亂、果醬橫倒

餐巾每朵碎花不再

沉睡，陽光射入眼神與標旗

「早安。」

他們堅定的宣告

天黑請閉眼

闔上最後一道陽光

路燈、門口、牆角

與良知捉迷藏

幢幢一夜

棋子褪去遲疑的殼

戰場上，沒有

白子

追索的蛛網，玩家

吃下煙霧與風

建築雨傘、面罩

睜眼，倒數開花的回合……

對街處，山雨襲來

「請選擇您要拯救的對象。」

我的

你的心跳是屬於

我的

眼睛的宣誓

臉孔的表態

都是

我的

從畜牧業圈養自由

到地圖上玩扮家家酒

甜蜜地侵占，因為你不夠獨立

因為你身軀不再合法

因為你是

我的

戀愛的墳墓

也粉紅起來

八堵的顏色是什麼天空

而青春啊

來不及響鈴

車班延遲在獅球嶺的

彼岸

和平東路很四六

火苗與布條，能不能

共乘崎嶇

通往黯淡的宴席？

鐘聲與旗幟，能不能

教誨草皮

盛開忠貞的杜鵑與阿勃勒？

思想膨脹傷口，柏油成

吶喊的血管

青春發炎

集聚鐐銬與槍管

成熟的典禮密語：

「若有學生流血，我要跟你拼命。」

美術色盤染上紅彩，有

四十六種顏色

突變學生的口水，要

四十六條基因

那些不穩定的名字，決議獲得歷史

一頁窟窿

你也來萬華：後疫情

一列龍山寺的巷道

汙染了標題

暗室裏，徒留禽鳥受傷

為春色消毒

懷疑你內心每句陳述都帶

病原體

（斷行以確保隔離）

我細讀你的心事

如追索足跡⋯⋯

詩眼、字根或語氣

每篇日記都註記

黃色星星

「你來自哪裡？」

一聲咳嗽點燃中古世紀

火刑的祭儀

第三章

現代仿聲

蚊子館

一行寂寞

降落在空曠的土地上

（泥土咀嚼黯淡的雀斑）

啄食細碎的人聲

踐踏脆化的方桌

（包裝內袋的喧鬧已氧化）

風的眼睛，至鎖骨

刺穿骨盆

（十米高的音箱演奏回聲）

光賣力撒網：

一對

誤入的情侶檔

造神

熬煮過多的文字與影音

他撒上濃厚的

掌聲

選用高尚的骨骼

與稻穗的影子

確保配方

正確，毫無顏色與

瑕疵

曝曬後

死去。

沒有人是局外人

雨刺向街道

我看著靈魂被中立

安放溫室

打扮成一朵

無名的乾燥玫瑰

縱橫的潮濕巷弄

擠不出一坪祖靈

供文化安棲的居所

歷史在天花板

傾盆而下

對弈者濕潤了耆老

旗幟與布條

橫倒在肅殺的陣列前

而無辜的鏡像——以枯槁的眼神

為冷漠

鼓掌

如每一盒被製作好的早晨

□　奶茶　□　三明治　□　饅頭

□　牙刷　□　毛巾　□　洗面乳

□　制服　□　牛仔褲　□　手錶

□　員工證　□　背包　□　雨傘

□　藥丸　□　尊嚴　□　好脾氣

□　閘門　□　公文　□　斑馬線

□　郵件　□　西裝　□　電話筒

□　微笑　□　晨會　□　簡報檔

□　失控的

行人　□

□　頂樓□

□　想用力突破包裝的獨角獸獸角吶

喊

（瑕疵品已刪除）

Hey Siri

虔誠投擲文字
手指起乩
鏡幕敲敲神明

「我沒有這個問題的答案。」

那些有效率的禱詞：
工作、戀愛、美食五顆星
裊煙收束成
WIFI扇形

「我在網路上找到了，以下是我搜尋的內容。」

抵押靈魂

兩片窗櫺

空虛向著長方形神像

還願

「我不太清楚你想表達什麼。」

選戰

末日倒數

再次賭注一碼

腐敗的生命

嘴唇上膛

旗幟向異端揮舞

任仇惡倒臥

一攤紅色統計數字

公園、社區、活動廣場

戰壕、基地、指揮中心

大聲公是嘴唇發狂的軍令：

號碼

嘶吼的號碼

再度複誦被信仰而大力嘶吼的

號碼！

星期一類似星期五

鈴聲敲破夢境

牙膏爆香

煮沸成早晨餐桌一張

黑色社會標題

搭乘慵懶

閱讀巷弄與巷弄之間：

一雙炙熱的手掌

一雙冰冷的眼光

整座城市又複習剛剛早餐

是五分鐘

出門前的新而不聞？

是五千光年外的的小事？

哈啾！忍不住嚴肅抱怨

今日天氣

起風三則

1.

報紙上，油墨開展汪洋
風帆扭曲身子
逗引季節膨脹
與稚氣的風

2.

「丞相」
地面的唇齒尚未被引燃

雲端已沸騰
焚風讓太陽變色

3.

樹林砍伐成一片

無雜質

透明星空

伐木人佇立黑暗，伸手

為自己戴上

無冕王冠

小獸養育日記

白光咿啞了清晨
一團夢境
在時鐘尚未飽嗝的季節
柔軟成一隻
小獸

尋足跡追尋
沿途是乳白色的小花
我以耕耘的口吻
採集片段哭聲

沉甸甸的夜色

我學習：以布兜包裹

丟擲生活的角落

不知是我疲倦了眼圈

還是眼圈疲倦了我？

小手肥嫩肚腩

將繆思與宇宙輾平

手臂的遊樂園啊，收束成一粒

小小微嘟的呼吸

螞蟻

空洞簇擁空洞

寂寞潮濕寂寞

軀殼匯聚

靈魂建築巨大巢穴

神明與光亮

貯藏心中的殿堂

迷宮詰問泥土

繁複挖掘生命真相

依循成功的氣味

嗅聞歷史

地底循環複誦：

膜翅、觸角、硬殼

受精、發育、交配

奶與蜜，是遠方隊伍神聖的

異象

圍繞一小塊夢想，乾扁且

脫水

瀰漫過熟的膩味

幼時曾透著光

敲敲頭殼，我張開口器

拆解成碎塊

哀傷推動酥脆的日子

廉價地搬運

（更多遺憾因恐懼密集）

踩踏命運

獸往整座城市襲來

工兵與守衛

遁入地道

雷聲驚醒英雄，萎縮成一具

新生的

蛹

離境作業

揣摩妳遠航

無名指上繁星

拋物線墜落水溝裏黑洞

心事與心事相斥

發散一段未完的星圖

彼此攜帶影子航行

翻閱氣候

目視地景敗退，我們驗證：

城市陌生化燈光

雨聲不小心穿梭過

青春的宇宙

月亮映射兩座圍城

城市催促行人加速

路人框列為

家，或一張沙發

床、比薩、酒杯

可能有貓，嬰孩啼哭

可能電視下班後慵懶

掀開三明治

報紙查看生活的內餡是否藏匿

獸的足跡

（牠在海馬迴裏增肥）

星球豎起防衛，刺向

泛黃日記

獸爪捕獲舊日子，與兩痕流星

逃離引力，被遺忘的星系

撈起幾顆心臟發燙

擁有一封書信的質量

泛著螢光

球體惦記棉被攀爬的

歷史軌跡

我努力呼喚星座，乖順隨行

衛星傾倒日常

贖回一場大爆炸後

寧靜的殘骸

落地生根

她蹲下身子，又繁衍了好幾片信念，無須討人厭的花粉與焚風。望著文字一株株從自己傷口掉落、成熟，擴張成一片綿延的韻律，喘氣的母體因分娩顫抖，隨手撈取少許陽光，急忙再度自葉緣汩汩分泌意象。

因她知道，體內的詩意又在躁動，他們等不及抓緊土地，攀爬每個窄暗縫隙，用力萌生，茁壯成林。

有天，她被移植到最溫暖的盆栽，經過大量蒸餾水與肥料澆灌，自腳趾到心臟皆腐壞，發臭死去。

一場A到Z的旅行

1. Ache

我想起欺騙

總是駝著身子

以注射的姿態，刺入

十字架

2. Boundary

情緒在真皮層之內

民意在肋骨之外

施打後，菌叢無法闖入

培養場複製更多

同溫的故事殼

3. Fever

緊閉牙床

顫慄每一吋空氣

左臂贅肉過度厚重

（對，常朝向蝴蝶舞袖）

興奮轉紅

4. Germ

每複製一分鐘

竟然有六千秒過去

我對著新聞標題輕咳

目送雲端的雷聲

繁殖

5. Mad

「我不太正常嗎？」（心臟36.3度）

「我還算年輕嗎？」（年齡38.5度）

「難道不能先進來嗎？」（額溫37.5度）

「你們不需要道歉嗎？」（戶外排隊40.1度）

「你敢相信嗎！」（高八度）

6. Zero

疼痛過後

體溫如預言一樣褪去

抓緊剩餘一些曖昧與

餘溫

而青春徒然燃燒船隻

淹沒於一場鮮血

※時為第一次注射AZ疫苗所寫，萬
　萬想不到後續須再「旅行」數次，
　願世界健康平安。

鬍子習題

病毒在窗外巡邏

趁城市渴望天譴的時辰

我與鏡子決策：

哺育一撮

小小的鬍子

外出，將牠安置口罩底下

咒詛每位不潔淨的

渣男

夜裡，放牧於鏡面

讓鬍子練習深呼吸

割下他人的鬍子前

必須先藏匿好自己的獸

（我捨不得下手）

隱瞞太久

忘記自己是鬍子的本我

我瞪視鬍子

鬍子瞪視心室

心室瞪視黑暗

我擦拭一角，嘗試讓社會照映

光，而牠

脫離豢養的寵物

全身捲曲萎縮

羞愧的裸體，追隨佛洛伊德

死去

謝幕

故事曾發亮，夾雜幾段日文歌謠，倒臥時間的棺木中，章節癱軟泛白，拒絕在戲劇任何一個情節上跳動，被歲月擠壓成一段綿密經文。

我自生命摘下一小片薄薄的肉軀，浸入莊嚴中裱框，裂口標記最燦爛的風景。笑容躺在廳堂乾涸，金色河床承載一輩子的重量，烙下生命的壓痕，印證臺詞在早春前的山谷走失。

劇本迎風翩飛，掀起火光，催促回憶高溫燃燒，一幕幕底片迅速翻滾、蒸散為高空灰黑色的嘆息。

「即將遠行。」

偷偷朗讀風，距離只相隔一段禱詞，
名字已爬過河岸，留下細碎的詩，在
舞台上飄盪。

院生

運算腹腔，軀體分解成赤裸的因數，
算式丟棄祭壇放涼。審視每副臟器忠
誠的絕對值：心臟與羽毛、胃袋與心
事，沿小徑克難行駛消化道，駕駛以
噴噴聲瀏覽平面圖，翻了幾頁，在
「現在位置」旁的病灶上，縫上嚇人
符碼。

黏膜與迴路經現代掏洗，如外頭天空
一般潔淨、無菌？沒有雲朵願意沾
黏，積捲成透視圖上的雷雨胞，忍不
住朝自己思想多噴幾次酒精，避免禽
鳥偷窺髒污。

從窗外高爾夫球飛回屁股的軟墊椅背，當權者瞪視螢幕一片廢墟，如何阻止眉頭入侵顏面，疆土沒有答覆肌膚，徒有雙眼一閃一滅，無聲引爆核子彈。

護理師在地平線扔下「安寧」兩字碑文。

第四章

土地母音

你的名字

你的名字是？
聲音消失太平洋上一彎
靜默的島弧

你的名字是？
繁體字繁茂森林
原生種隱居離島
在盤古過分簡易的軀體之外

你的名字是？

中央脊柱

堅定撐起驕傲

他們對著遠方的強烈氣旋宣告：

「Formosa!」

日記

10月25日或更久之後：

長輩說

莫忘苦瓜的味道

歲月在餐桌上爭咬一口

陌生的滋味

02月28日：

數學老師不願告訴我

少一副碗筷、

多一滴淚水的魔術公式

03月18日：

那些番薯沸騰

讓強韌爬滿

幽暗的巷弄與高牆

陽光照進來了

陽光照進來了！

東清部落最爽口

長官！來一杯蘭嶼

半輻射

不加生態

祖靈放涼

沸騰新鮮的

民宿

心事有毒，只適合島嶼盛裝

來一ㄩ海岸線吧

乾！我們是

銅香

tminun，瑞岩部落

耕種小米，泰雅的
圖騰
盛開在仁愛鄉的山谷

彩虹與雲朵
摩娑神話，與
古調的臉

古獵場追捕歷史
與山羌的口音
（921摔傷祖靈的眼睛）

織布機歌唱，朝向眼淚

離鄉的

青年

烏來

祖靈的腳步

沒入織布歌的吟唱

昔日的獵人

忙碌編導

馬告、山珠蔥的觀光劇

（遠處櫻花吆喝）

將泰雅切段、烘烤

台車一列列載送出關

彩虹

則棄留於山林

力行產業道路

遠方，都市攜帶雷聲襲來

泥坡洗刷颱風的表情

沿著臍帶上溯

Siliq自胎盤叼出

三枚缺氧的部落

獵刀劃開石頭

漢字剝除文化身上的胎衣

臉龐在歷史課本尋找民族、國家、

綻青色符碼

（族語在紙上斷了墨）

牙口鬆動

土石在字句間鬆軟倒下

彩橋迂迴著故事

沒有太多柏油的情節

輕輕扛起一陣狂暴後

浸潤時光

以午後新聞的眼睛

我觀察路牌

易脆

蜿蜒成細瘦血管的祖靈

朝向氣旋鏗鏘

對不起，YaYa，再多獸骨與編織

仍贖不回

泰雅的家園

此路不通

是什麼，讓你

雙手敞開，擋在水泥車的道上？

朋友，山神被支解

河谷盛著宰割的肉塊待沽

是什麼，讓你

燃起憤怒，再度升起了狼煙？

朋友，家園被掏空內臟

祖靈與獵場，望穿太平洋的破布偶

「再一個二十年！」
祭詞的舌頭，也商業了

獵刀與

小米

匯聚起來……

蘭嶼，不語

一隻癌症的獸，啃咬
廢料
入夜後，倚睡
歷史的砧板

玷汙海洋
祖靈被毒殺
島嶼背負標誌，沉浮
口水

都市哀髒的心事，分裂

帶有輻射

封存在

小小的肉軀

台灣雲豹

山林的呼吸

脊椎

山林的呼吸

脊椎

山林的呼吸

霧更加孤獨

您的狂草從此斷了

墨

蒐集白骨奔走

科學家贖回

圖鑑上油亮的冠冕

依循腳印滅絕

文人召喚不了森林女神一瞬迅猛的

繆思

馬祖自話像

一位老兵，堅定地

佇立歷史

扛起四個充血的大字

對著槍砲的青春

咆哮

把彈孔與歲月

釘上芹壁的肌膚

花崗岩碎落

每片流淌的驕傲

戍守的軀體是趣話嗎？

燕鷗唧走

最後一片諜影

坑道是血管的莽撞嗎？

目光一層層剝落軍袍

俘虜成

博物館的夕陽

冬季以冷冽注視老者

老者被時間刺青

刺青刻下連旅奔馳的姓名

姓名投擲疑問與吶喊

換得生鏽

多鹽分的海聲

關渡三則

1.

陽光打翻在
母親的脊背上，溫熱的鳥鳴
滴濺
鬱鬱的毛髮

2.

他的血，是清澈的綠
眼神古老且柔軟
乳汁流入淡水河
嗷嗷待哺的大嘴

3.

幾位失意

寒冷的浪子，降落在

豐碩的客棧

蘆葦們頂著流浪的重量

默默

過濾心事

菊
島
三
記

1.十公尺的長征：綠蠵龜產卵

夜晚，搜索

生還的月光

踩踏浪濤前進

盔甲背負寂靜

燈塔尚未探查

便拖曳一整片期待

搶灘

爬行島嶼的

肌理，一場潮間帶的窺視

前鰭句讀

珊瑚多彩的符碼

母愛圍成礁堡

那是

渾圓的盼望

2.玄武岩的語法

滾燙的子句

尚未運算繆思的身長

時間已凍結

一格格蜂巢狀的詩句

輸入結晶的喟嘆

用歲月褶皺

計算海岸線上

時光的矩陣

禁不住海潮引誘

一列列千年的

守衛

演算風的

食慾

3.雙心石滬

覓食的季節

獸膨脹肉體

朝咕咾石的心口

撞去

一對心室

吞吐翻動的情慾

瞪視

整片歡愛萎縮了海岸線

她伸開陷阱

如一座溫柔的牢籠

我游動因古老塌陷的圍城

不小心

囚困在心裏

黑色奇萊

刺痛仁愛鄉

天空啊

不是陡高的山脊

而是一張鬱鬱的

黑臉

恐懼碩大了陰影

稜線狠狠割下幾片

枯死的陽光

不吉祥的鳥聲，沾附

巍峨的軀體

嘗試攀爬祢的心事

如闖入禁忌的

愚昧者

觸碰那多霧、佈滿碎石的

鬼臉

每寸黝黑皮膚

每漥深谷

每根細長的脊椎骨

斜斜逗引

探險者大腿的慾望

在石縫裏濕潤

在岩峰上呵氣

而午後，每個渺小的喘息聲

癱軟在草坪的起伏上

（高海拔的利齒，一刻度、一刻度勒

咬脖頸⋯⋯）

每片毛髮

都寄生了神話

牠們茁壯在蜿蜒的思路

棲伏每張相片背後

或令山屋暈眩

有些書包與旗幟尚未萌芽

溺死在傳說中

有些臉孔攀登了歷史

自鄉野縱走

闖入了登山者的夢境

（詭譎在詩意的床鋪震動）

風仍刮著祖靈

等待背負密語的沉默者

以前傾45度角的步伐

規律挖掘祕密

而耆老的眼神、而山友的靜默、而鈴

鐺聲、而松雪樓

而三對插立地面的禱香

而那些來不及搜救的影子

噓……

奇萊山的風與霧

悄悄降臨

瓦久愛戀：敬泰安溫泉

山壁湧出的繆思

已滾燙了百年

自Tapirasu頭目的腳蹤

綿延到錦水村的車流

揣摩獵刀的姿態

依循歷史蜿蜒上溯

高海拔操著口音

敲敲招待所

日本眷屬揹負幾階傳說

奔走

戳破一粒粒

上浮的時光

靈感

悄悄散落溪畔

泉水滾滾

一窪碳酸的咒語

任稿紙

劇烈褶皺

以汶水溪

刺入地表，為蜿蜒黧面

曬乾每片

歌謠與地圖

餵哺每座婦女的圖騰

源頭編織一段

泉水的心思

潑灑山谷

幾滴鳥鳴，明亮

鹿場大山的肌膚

海拔起落吟誦

我拾起鹼性的

詩眼

無色、無味

卻濕潤祖靈的

眼睛

借我40°C的壓抑

還你一吻柔軟的霧

借我清澈柔軟的身軀

還你

一縫流淌的光陰

按奈不住的情慾啊

攀爬

山稜的曲線

手指滑過千古⋯⋯

打自地殼深處沸騰的

詩句

緩緩噴發

臉

日、月驅動
時光的龍骨車
灌溉阿公的
田

鬱鬱的果樹
已經失守青春的邊界
落日的海馬迴
栽種兩口不再清澈的井
灌澆高粱
無身軀的羽翼便甦醒

飛過整片土地：
故事躲藏於數不盡的阡陌
歲月的溝渠中
有些往事，萎縮成洼洞
或遺憾成
碎花的褐色咒印

田地的龜裂

犁出更多年輪

阿公看著映照的田

驕傲地笑了

蘭嶼病

他瞪視鏡面，蘭嶼的陽光為臉龐炙燒了一面發紅、皺縮的面具，扛著這樣的病灶在都市間生存實屬不易，每群匆忙競逐水草的斑馬雖然眼光戲謔，仍是賦予這疾病一個男子氣概的名字：曬傷。

往後日子逐漸撕下面罩，當每一吋慵懶、海浪的鹹味自他臉上褪去，肌膚重新長出整齊節制的笑容、一張張效率又適宜的表情綻放開來，「恭喜您康復了！」他攜帶節哀的語氣對著鏡子說。

決定讓街頭擁擠嶄新的肢體，他隱隱覺得有器官永遠不能復元。

後記

　　萌生出版《我們的姓氏叫社會》的念頭，起自我陸續迎接女兒誕生、老婆產後折騰近兩個月，好不容易出院的時刻。二十八歲的自己正透過醫院連通走廊，從一個院區走向另一端病房，驚覺自己不也是即將邁入下一個人生階段？祝福、陰影都盤踞在走廊另一端，寓言式的盯著我。

　　當下的我十分確信：我在創作現代詩的情感、能量或狀態，再也無法如本書中所展現的：豐沛飽滿、厚重、青春、橫衝直撞，擁有缺陷，不純熟卻無所畏懼。這樣巨大的生命事件與生活節奏改動，讓我意識到創作上來到一個轉捩點，遂開始設法保存「過去的我」，與更多人產生連結與對話，並期待日後用中性眼光去看待曾經的黃木擇，甚至是不同時空的我彼此交談。

　　每一首詩都是鑰匙，打開我碰觸議題或事件時的生命經驗，那更像是一種瞬間的高速攝影，

而我的任務是發現它、護貝它,將它捧到閱讀者
面前,並擁抱後續任何影響與互動。在「詩」的
載具上,我無法加工更多資訊與說明,也無法位
於不同的生命階段上回頭再評斷這些作品,我想
這是我揮別「過去我」的最好的尊重方式。

　　謝謝秀威資訊與人玉責任編輯、為本書寫序
的喜菡老師,與眾多詩長、家人親友們;還有生
命經歷中的每一個相遇,轉瞬幾秒,足夠成詩。

PG2805　秀詩人102

我們的姓氏叫社會

作　　者／黃木擇
責任編輯／孟人玉
圖文排版／黃莉珊
封面設計／吳咏潔

發 行 人／宋政坤
法律顧問／毛國樑　律師
出版發行／秀威資訊科技股份有限公司
　　　　　114台北市內湖區瑞光路76巷65號1樓
　　　　　電話：+886-2-2796-3638　傳真：+886-2-2796-1377
　　　　　http://www.showwe.com.tw
劃撥帳號／19563868　戶名：秀威資訊科技股份有限公司
　　　　　讀者服務信箱：service@showwe.com.tw
展售門市／國家書店（松江門市）
　　　　　104台北市中山區松江路209號1樓
　　　　　電話：+886-2-2518-0207　傳真：+886-2-2518-0778
網路訂購／秀威網路書店：https://store.showwe.tw
　　　　　國家網路書店：https://www.govbooks.com.tw

2022年9月　BOD一版
定價：250元
版權所有　翻印必究
本書如有缺頁、破損或裝訂錯誤，請寄回更換

讀者回函卡

國家圖書館出版品預行編目

我們的姓氏叫社會 / 黃木擇著. -- 一版. -- 臺北
　市 : 秀威資訊科技股份有限公司 , 2022.09
　　面；　公分. -- (語言文學類 ; PG2805)(秀
詩人 ; 102)
　BOD版
　ISBN 978-626-7088-98-2 (平裝)

863.51　　　　　　　　　　111011319